KB153059

한국 희곡 명작선 113

조카스타(Jocasta)

한국 희곡 명작선 113

조카스타 (Jocasta)

이지훈

평민사

이
지
훈

조 카 스 타 Jocasta

등장인물

조카스타 Jocasta
오이디푸스 Oedipus
조카스타의 늙은 유모 Nurse
안티고네 Antigone
이스메네 Ismene
크레온 Creon
테레시아스 Teresias
코린도(Corinth)의 사자(使者)
시녀들
시종들
스핑크스(Sphinx)

장소

그리스 테베(Thebes)
오이디푸스의 궁 안 여러 곳

* Jocasta는 Iocasta로도 표기된다. J와 I는 혼용되며 발음도 조카
  스타 혹은 이오카스타다.
* 이 작품은 2007년 희곡집 〈기우제〉속에 처음 수록되었고 2022
  년 수정했다.

제1장 "스핑크스의 질문"

테베의 궁 안 - 어둡고 침울하다.
조카스타 높은 왕좌에 홀로 앉아 있다.
테베는 라이우스(Laius) 왕이 죽은 지 얼마 되지 않은데다가 스핑크스라는 괴물의 출현으로 최대의 위기에 빠져 있다.

스핑크스 (목소리) (멀리서 굉음처럼 들린다) 아침에는 네 발, 점심에는 두 발, 저녁에는 세 발.

조카스타, 고뇌에 차 있다. 불안하고 안절부절한다.

조카스타 오, 저 질문, 저 목소리,
지긋지긋하다. 테베의 현자는 다 어디로 숨었지?
라이우스 왕의 죽음도 아직 밝혀지지 않고 있거늘,
저 괴물까지 나타나 내 백성들을 잡아먹고 있다…
오, 신이시여, 테베를 정녕 버리셨나이까?
제게 지혜를 주시옵소서! 테베를 구해주시옵소서!

왕좌 팔걸이에 몸을 기대고 기도한다. 스핑크스의 질문은 계속된다.

스핑크스 (목소리) (멀리서) 아침에는 네 발, 점심에는 두 발, 저녁에는
세 발.

괴물의 목소리 점점 커지고 중첩된다. 쿵쿵 울리는 소리도 가까
워진다. 조카스타 괴로워한다.
서서히 암전되는 중 갑자기 무대 밝아지며 외치는 소리가 들린다.

시종1 (뛰어 들어온다. 헐떡거리며) 마마! 살았습니다! 기뻐하십시오,
이제 테베는 구원을 얻었습니다.

환호하는 소리가 뒤따른다. 점점 커진다. 조카스타 놀라서 아래로
내려온다.
시녀들 시종에 이어 뒤따라 들어온다.

시녀1 왕비님, 우린 살았습니다.
시녀2 마마, 기뻐하세요! 괴물이 죽었습니다!
시종1 수수께끼가 풀렸습니다! 마마, 이제 테베는 살았습니다!
조카스타 응? 스핑크스가 죽었어? 수수께끼가 풀렸다고?
시종1 네! 어떤 젊은이가 답을 맞히자 괴물은 절벽에서 바다로
몸을 던졌다고 합니다.
조카스타 그래? 네가 정녕 보았느냐?
시종1 전갈을 막 받고 달려왔습니다. 지금 궁으로 사람들이 몰
려오고 있습니다.

시종2   (뛰어 들어오며 환호한다) 왕비마마!! 만세! 괴물이 죽었습니다. 괴물이 죽었습니다. 바다에 빠져 죽었어요! 마마! 만세!

밖에서 무리가 기뻐 소리 지르며 달려오는 소리가 들린다.

조카스타   (소리를 확인하며) 신이여, 우리를 저버리지 않으셨군요. 감사합니다!

조카스타는 왕좌에 좌정한다.
환호하는 소리, "만세!" 소리와 더불어 한 무리의 사람들, 크레온, 오이디푸스 들어온다.

크레온   왕비님, 기뻐하십시오, 괴물이 죽었습니다. 이제 테베는 살았어요. 바로 이 젊은이가 우리를 구했습니다. (오이디푸스를 보며) 앞으로 나서시오. 테베의 왕비 조카스타님이시오.

오이디푸스 앞으로 나선다. 예의를 갖춰 절한다.

조카스타   괴물이 죽었다는 게 사실이오?
사람들   네, 네, 그럼요. 맞아요. 죽었습니다!
오이디푸스   (사람들의 긍정 소리에 미소 지으며 고개를 끄덕인다) 네. 들으시는 대로.
크레온   왕비님, 그렇습니다! 이 젊은이가 나라를 구했어요.

조카스타 그 괴물이 그리 쉽게 죽다니 믿기지 않소. 그대가 정녕 괴물의 질문에 답을 하고 이 나라를 구했단 말이요? 이름이 무엇이오?

오이디푸스 오이디푸스라 합니다.

조카스타 오이디푸스? 그래, 그대가 준 답이 뭐였소?

오이디푸스 그것은 "인간"입니다.

크레온 네, 인간이었습니다. 하하하…

조카스타 (무릎을 치며) 그렇지! 그렇군… 아기일 때는 네 발, 성장하면 두 발, 그리고 늙어서는 세 발이지… (웃는다)

사람들 모두 함께 웃는다. "인간" "인간"하는 소리 들린다.

궁 밖의 소리 오이디푸스 만세! 오이디푸스 만세! "스핑크스가 죽었다!"

음악소리. 궁 안팎으로 환호와 함성이 하늘을 찌른다.

제2장 "사랑"

크레온　누님, 저 코린도 젊은이는 영웅입니다. 백성들이 모두 그를 보고 싶어해요. 어디로 가나 그에 대한 이야기가 만발하고 있어요.

조카스타　그래서? 상은 충분히 내렸다…

크레온　사람들의 분위기가 심상치 않아요.

조카스타　말도 안 되는 소리! 영웅은 곧 잊힐 거야. 라이우스왕도 곧 잊혔지. 그의 죽음이 여전히 미스터리로 남아 있는데도 말이야.

크레온　그걸 밝혀내야 하는데… 돌연 스핑크스가 나타나는 바람에 묻혀 버리고 말았죠. 그 빈 자리를 채우고 괴물에 대처하느라 왕비로서 얼마나 고생이 많았습니까? 여자의 몸으로 말이오.

조카스타　크레온, 알아둬. 왕비로 시작했지만 난 지금은 왕이다. 난 잘해냈고 잘해내고 있다. 오이디푸스를 보내준 것도 신이 내게 내린 상이야. 여자라고 왕 노릇 못할 것 같았지? 네 매부 라이우스보다 더 잘 하고 있다. 너도 알다시피 라이우스는 좋은 왕은 아니었어. 그리고 아직 그의 죽음도 더 파헤쳐 조사해 봐야 해. 이 일을 할 사람은 나밖에 없어. 사실 그건 이대로 묻어두고 싶지만 말이다.

크레온   누님. 저도 같은 마음입니다. 그는 폭군이었고 독재자였죠. 또 그에 대해 떠도는 해괴한 소문도 민심을 잃기에 충분했어요. 모르는 바는 아니오. 하지만…

조카스타   (의심의 눈으로 그를 노려본다.) 난 왕이다. (턱을 들고 꼿꼿이 선다.)

크레온   백성들은 왕을 원하고 있습니다.

조카스타   (왕좌로 천천히 올라가서 위엄 있게 앉는다) 난 왕이다!

긴장이 고조된다.

크레온   백성들은 왕을 원합니다. 라이우스 왕은 죽었어요. 살아 있다면 아직도 돌아오지 않았겠습니까? 왕의 부재가 너무 오래 지속되면 좋지 않습니다. 다행히 스핑크스를 퇴치했고… 오이디푸스가 없었더라면 어찌 되었겠습니까? 백성들은 왕을 원하고 있습니다.

조카스타   난 왕이야!

크레온   (읍하며) 왕비전하, 충분히 인정합니다. 하지만 우매한 민심은 오이디푸스에게로 기울고 있습니다. 그가 왕비님에게 내려진 상이라는 말씀은 맞는 말씀이기도 하고… 한편으론 우리 테베에게 내린 선물이기도 합니다. 조카스타, 물러설 때도 알아야 합니다.

조카스타   내가 왕이다! 그리고 내 자식이 이 왕위를 이어갈 것이다!

크레온   (그녀의 위엄에 압도당한다. 읍하며 잠시 불만을 속으로 삭히다가 뒤로 물러나 퇴장)

조카스타 크레온, 너의 야심을 알아. 하지만 너도 오이디푸스라는 강적을 만나서 꼬리를 내리고 있을 뿐. 스핑크스 괴물이 나타나지 않았다면 라이우스 왕의 빈자리를 노렸을 제 1 인자야. 감히 나를 밀어내고 말이다. 하지만 난 지금 테베의 왕이다. 라이우스도, 너 크레온도, 그리고 출신불명의 오이디푸스도 결코 아니야. 내가 낳은 자식이 이 권좌를 이어갈 것이다!

사람들 특히 남자들 목소리 밖에서 – "오이디푸스. 오이디푸스. 오이디푸스"

무대 어두워지면서 이 외침이 속삭임처럼 들려오다가 점점 커진다. 그 소리가 조카스타의 무의식을 압도한다. 조카스타 마치 꿈속을 헤매듯 혼미하다가 깜짝 놀라고 또 혼미해지다 이 이름에 놀라고 한다.

조카스타 오이디푸스… 오이디푸스… 신은 그를 내게 왕으로 보낸 걸까?

사람들 특히 남자들 목소리 "오이디푸스, 오이디푸스 오이디푸스"

조카스타 (깜짝 놀라 깨어난다) 이상해, 뭐지? 오이디푸스…
마치 옛날부터 알았던 사람처럼.

옛,날,부,터, 알,았,던,사,람,처,럼,

어둠 속에서 오이디푸스 나타난다. 스무 살의 젊은이다.
조카스타 자신도 모르게 끌리듯이 왕좌에서 내려선다.

오이디푸스 마마.

조카스타 인간, 가까이 오라.

오이디푸스 가까이 다가간다. 조카스타 그를 빨아들이듯 바라본다.
그와 눈을 맞추며 그의 몸에서 눈을 떼지 못하고 주위를 돈다.

조카스타 내가 널 인간이라 부름은 네가 말한 답이 인간이기 때문
이다. (가까이 쳐다본다) 이름이 오이디푸스? 그건 부어오른
발이란 뜻이 아닌가?

오이디푸스 네 그런 뜻입니다. (대담하게 시선을 받는다)

조카스타 왜 그런 이름을 가지게 되었지?

오이디푸스 제 부모님이 그렇게 지었겠죠.

조카스타 인간, 넌 코린도의 왕자라고 하지 않았나?

오이디푸스 네, 그렇습니다. 하지만 코린도에는 더 이상 돌아갈 수가
없는 몸입니다. 그 이유는 묻지 말아 주십시오.

조카스타 (가벼운 웃음) 가출 청년이로군. 그럼 내가 당분간 먹여주고
재워주지.

오이디푸스 왕비님 곁에만 있을 수 있다면 무슨 일이라도… 당신은

눈부시게 아름답습니다.

조카스타 하하하, 인간, 그대는 눈이 멀었구나. 난 나이가 들었다. 이 얼굴이 아름답다니.

오이디푸스 처음 본 순간부터 왕비님 아름다움에 눈멀었습니다. 당신은 저의 여신입니다.

조카스타가 오이디푸스의 옷자락 사이로 그의 맨 가슴에 검지를 댄다.
오이디푸스 조카스타에게 다가가 포옹하려 한다. 조카스타 그를 부드럽게 저지한다.

조카스타 (노려보면서) 성급하긴. 먼저 약속을 해야 해.

오이디푸스 무슨 약속을 하리이까?

조카스타 복종이지. 완전한 복종.

오이디푸스 (빨려들 듯이 눈을 응시한다) 당신은 내 운명. 복종하리이다.

조카스타 저지하던 손을 서서히 내린다. 오이디푸스 두 팔로 그녀를 강하게 포옹한다.
두 사람 입 맞춘다. 오이디푸스 그녀를 쓰러뜨린다. 무대 어두워지고.

밖에서 "오이디푸스 왕 만세!" "영웅 오이디푸스 왕!" 함성 소리 들린다.

축하 음악소리가 들리며 함성 소리와 어우러진다.

늙은 유모, 무대 한쪽 구석에 의심에 가득 찬 시선으로 쪼그리고 앉아 있다.

늙은 유모 오이디푸스? 내가 너무 오래 살았어. 조카스타가 새 남편을 맞는 걸 보다니… (고개를 절레절레 흔든다) 설마…? 하지만 신탁이 빗나가는 건 있을 수 없지. 내 평생 한 번도 그런 걸 본 적이 없어.

유모의 모습이 어둠 속에 묻힌다. 궁 밖의 함성 속에서 두 남녀의 사랑의 모습이 어렴풋이 보이고 그들의 사랑의 소리가 희미하게 들릴락 말락.

제3장 "새 왕, 새 아기"

중앙에 왕, 왕비 앉아 있다. 크레온과 귀족들의 행렬. 왕과 왕비
에게 축하 인사를 한다.

크레온   경하 드립니다. 새 왕이시여. 조카스타 왕비님, 축하합니
다. 테베에 신의 가호와 평화가 있기를!

오이디푸스   고맙습니다. 신명(神命)으로 거룩한 사명을 받았습니다.
왕으로 부족함이 없도록 조카스타 왕비님과 함께 노력
하겠소.

조카스타   이제 테베는 젊고 현명한 새 왕을 맞았습니다. 새 왕에게
여러분의 충성을 다짐하십시오. 신의 축복이 여러분에게
있길 바랍니다.

귀족들   스핑크스를 물리친 우리의 영웅, 오이디푸스 왕, 축하드립
니다. 테베여 영원토록 강성하소서!

귀족들 차례차례 앞으로 나와 축하와 충성의 말을 던지고 궁은
축하잔치와 여흥이 펼쳐진다.

조카스타   오, 오이디푸스, 나의 남편, 테베의 새 왕이여,
달콤한 이름.

넌 강하고도 부드러워,

네 젊은 힘이 나를 새로운 존재로 다시 태어나게 하는 구나.

넌 날 다시 처녀로 되돌려 놓았어.

내 자궁은 여름날 흰 구름처럼 부풀어 오르고

내 두 유방은 자두처럼 붉게 익는다.

그리고 너는, 너는… 마치 칼처럼 내 자궁을 날카롭게 찔러

우윳빛 단물이 흘러넘치게 해.

사랑, 넌 내 사랑

난 피닉스처럼 그 사랑에 다시 태어나네.

새 생명도 새롭게 태어나네.

왕좌가 이런 기쁨을 내게 주었던가?

그 어떤 것이 내게 이런 희열을 주었던가?

그대 앞에 난 내 모든 것을 바치리.

오이디푸스   조카스타! 내 사랑, 그대는 날 인간으로 만들었어.

내 모든 시름과 고민

잊어버리고

난 남자가 되었다.

평생 날 따라다니던

오래된 저주

비밀의 저주

그대가 다 잊게 했네.

난 테베의 왕으로 새로 태어나고
그대와 나 사이에
새 생명 태어나네
내 뒤를 이어 넌 테베의 왕이 되리라!

오이디푸스, 조카스타 뒤에서 그녀를 안고 지지하고 있다. 조카스타, 진통하며 출산한다. 늙은 유모 아기를 받는다. 아기의 힘찬 울음소리. 조카스타 아기를 받아들며 환희의 웃음을 터뜨린다. 천천히 오이디푸스에게 아기를 건네준다. 두 사람 아기를 들여다본다. 첫 아들이다. 갑자기 하늘이 어두워진다. 먼 데서 마른하늘에 벼락이 떨어진다. 무대 어두워진다. 유모의 얼굴에도 어두운 그늘이 덮이고…
늙은 유모 불길하게 하늘을 우러러 본다. 고개를 떨어뜨린다. 갓 태어난 아기의 울음소리 어둠에 묻힌다.

제4장 "흉년"

어둠 속에서 매미 울음소리가 들리며 무대 밝아진다.

쨍쨍한 햇볕. 매미 울음소리가 시끄럽다.

늙은 유모 외따로 바닥에 무릎을 안고 쪼그리고 앉아 있다.

더위에 졸고 있는 듯, 기도하고 있는 듯.

테베는 기근이 들어서 초목이 모두 말라붙었다. 먹을 물도 없다.

궁 밖 멀리 있는 신전에서는 제사 시 번제물을 태우는 연기들이

구름 기둥처럼 마른하늘로 올라 간다. 한 군데가 아니다. 연기는

여러 곳에서 피어오른다.

시녀들이 빈 물동이를 들고 터벅터벅 지쳐서 들어온다.

시녀1   휴, 힘들어. 오늘도 쨍쨍 마른하늘이야. 하늘도 무심하시지.

시녀2   도대체 언제 비가 내렸지? 기억이 까마득해. 무서운 흉년
         이야.

시녀1   이제 강도 다 말라버렸어…

시녀2   역병이 점점 퍼지고 있다는 소리가…

늙은 유모 (외따로 앉아 있다) 늙으면 죽어야지, 너무 오래 살았어.

시녀2   휴, 아이구 팔이야, (빈 물동이를 내려놓으며) 할멈은 맨날 저
         말이야, 그래도 아직 살아 있어.

시녀1 (빈 물동이를 내려놓는다) 아마 너보다 오래 살 거다. 할멈, 올해 몇 살일까?

늙은 유모 심상치가 않아, 심상치가 않아.

시녀2 저래 봬도 왕비마마를 젖 먹여 키우신 귀한 몸이거든. 그러니 아마 80은 훨씬 넘었을 걸?

늙은 유모 신이여, 노여움을 푸소서…

시녀1 뭐라고 중얼대니?

시녀2 늘 저러는데 뭘. 혼자서 중얼중얼, 알아듣지도 못하는 말.

늙은 유모 봄이 되어도 싹이 움트지 않고

가을이 되어도 열매가 없어

모든 암컷은 잉태를 못해

역병이 번지고 있어

하늘은 저리 뜨겁기만

이 땅은 저주받았어.

언제까지…? 언제까지…?

안티고네와 이스메네 들어온다. 안티고네는 16세, 동생 이스메네는 14세 되었다. 이들은 조카스타의 두 아들, 폴리네이세스(Polyneices)와 에테오클레스(Eteocles)에 이은 딸들이다. 20년 세월이 흘렀다.

시녀1 (안티고네를 보며) 안티고네 공주님, 기우제가 끝났나 봐요.

안티고네 그래요. 지금요. 물이네! (물동이 속을 들여다본다) 아 - 물이

없잖아

시녀1 목마르시죠?

안티고네 매일 물 길러 다니느라 고생이 많죠?

이스메네 물? 나 목말라, 물 좀 줘.

시녀2 어떡하나. 공주님들 항아리가 비었어요.

이스메네 물 길러 어디까지 나갔어요?

시녀2 이제 테베 성 안에도 물이 말랐답니다. 오늘 성 밖 30리 떨어진 강으로 가봤지요. 그런데 강도 다 말랐어요 이런 재앙이…

안티고네 기우제를 매일 지내건만…

매미 소리 귀를 찌른다.

시녀들 한숨을 쉬며 빈 물동이를 들고 나간다.

안티고네 어머니는 아직 안에 계시겠지?

이스메네 그렇겠지. 기우제에는 통 나오시지 않는 걸?

안티고네 신탁을 묻는 게 옳은 것 같애. 왜 이렇게 오랫동안 비가 오지 않는지, 우리가 모르는 이유가 있을 거야. 그리고 신이 그 이유를 말해 줄 거야.

늙은 유모 (갑자기) 안 돼!

이스메네 뭐라고? 언니, 지금 할미가 뭐라고 말했는데?

안티고네 할미, 뭐라고? (다가간다)

이스메네 크게 말해봐, 응? (다가간다)

늙은 유모	이스메네 공주님, 아무것도 아녜요, 그만 꿈을 꾸다가 잠꼬대가 나왔나 봐요.
이스메네	이렇게 덥고 답답한데 잠이 와?
늙은 유모	늙으면 시도 때도 없이 잠이 온답니다. 오빠들은 아직 제사장에 있어요?
안티고네	네.
늙은 유모	크레온 외삼촌은요?
안티고네	외삼촌은 제사 드리기 전에 아폴로신의 신전으로 갔어요.
늙은 유모	(고개를 끄덕인다) 할 수 없군요.
안티고네	할미, 뭐가 할 수 없다는 거죠?
이스메네	사람들이 어떤 예언자를 불러야 한다고도 했어요.
늙은 유모	혹시 장님 예언자라고 하던가요?
안티고네	네, 맞아요.
이스메네	장님이라구요? 앞을 못 보는 사람? 앞을 보지도 못하는데 예언을 한단 말이에요? 하하하
늙은 유모	공주님, 우스워요? 사람들은 두 눈을 멀쩡히 뜨고도 누가 누군지 모른답니다. 자기가 누군지도 모르지요. (슬프게 웃는다) 흐흐흐흐
이스메네	나는 이스메네야, 언니는 안티고네, 할미는 (가리키며) 할미!
늙은 유모	네, 맞아요. 그렇지요.
안티고네	어머니는 어떠세요?
늙은 유모	기운이 없으세요. 하지만 괜찮아요.
안티고네	어머니를 보러 갈래요. 요사이 좀 이상해요. 말도 하지 않

고 그냥 가만히 하염없이 앉아만 있어요.

이스메네 밥도 잘 드시지 않아요. 엄마가 아프면 어떡해? (울먹이려고 한다)

늙은 유모 쯔쯔쯔, 작은 공주님은 또 운다. 울보 공주님. 아녜요, 괜찮아요. 어머니는 아주 강하신 분이에요. 요즘 날씨가 하도 덥고 비도 오지 않고 가뭄이 계속되니 걱정이 돼서 그렇지요. 가보세요. 공주님들. 엄마에게 가서 원기를 북돋아 드리세요.

이스메네 눈물이 글썽한다. 안티고네 동생의 손을 잡고 나간다.

안티고네 그럼 할미, 우리 가요.

늙은 유모 테레시아스가 뭐라고 말할지 궁금해… (하늘의 해를 보고) 우리를 뜨겁게 말려 죽이시렵니까? 우리 인간의 어리석음을 용서하소서.

매미 울음소리 더 소름끼치게 높아진다.

제5장 "라이우스의 죽음"

궁 안. 왕의 집무실.

오이디푸스 당신 말을 누가 믿겠소? 기껏 한다는 소리가 그것이요? 내가 왕이 된 지 이제 겨우 20년. 그리고 나는 아직 젊소. 내가 스핑크스를 처치하고 테베를 구한 영웅이란 걸 잊었단 말이오? 그 이후 난 왕비와 함께 테베를 잘 다스려 왔어.

테레시아스 왕이여, 그래도 난 같은 말을 할 수밖에 없소. 그리고 날 말하게 시킨 사람은 바로 당신이오. 바로 당신이 라이우스 왕을 죽인 범인이고 테베의 흉년의 원인이오.

크레온 신탁의 내용도 다르지 않았소.

오이디푸스 닥치시오! 내가 테베 출신이 아니라고 이 기근의 죄를 다 내게 뒤집어씌우려는 거요? 그래서 나를 쫓아내고 새 왕을 앉히려는 거 – 내가 모를 줄 아오? 그게 누구요? 테레시아스! 이번에도 예언을 해봐! 크레온인가?

크레온 고정하시오. 우리 모두 오랜 가뭄에 시달리다보니 제 정신이 아닌 것 같소. 테레시아스도 그렇고, 왕도 마찬가지요.

테레시아스 나는 다 말했소. 이제 가야겠소이다. 왕이 알아서 판단하실 것이오.

오이디푸스 크레온, 그리고 테레시아스, 아직 내 두 눈은 시퍼렇게 살아 있소. 물러가시오!

두 사람 나간다.
오이디푸스 화를 삭이기 위해 주먹을 쥔다. 허공에 대고 헛손질
을 한다. 하늘을 보고 외친다.
절박하다.

오이디푸스 신이여, 제 편이 되어 주소서. 비를 내리시고
라이우스 왕의 죽음을 애도케 하시고
범인을 잡아 그 원한을 풀게 하소서!

조카스타 나온다. 나이는 들었지만 그 나이의 아름다움이 있다.
여전히 위엄 있고 기품 있는 모습. 그러나 시름에 차있고 피곤해
보인다.

조카스타 오이디푸스, 화가 났군? 신탁이 궁금해서 왔어.
오이디푸스 (머리가 아픈 듯 찡그리며 조카스타의 손을 잡는다)
조카스타 좋지 않은 소식이구나.
오이디푸스 그래.
조카스타 말해 봐.
오이디푸스 나라가 더럽혀졌다는군. 그 더러움을 제거하라는 신의 말
씀이오.
조카스타 더럽혀졌다구? 스핑크스는 옛날에 죽지 않았어? 그 위기

에서 나라를 구한 인물이 오이디푸스 너였지. 그래서 넌 왕이 되었구, 이후 테베는 잘 살아왔어. 이 기근이 들기 전까지 말야.

오이디푸스 그런데… 조카스타, 궁금한 게 있어. 당신의 전 남편은 어떻게 죽었지?

조카스타 라이우스?

오이디푸스 라이우스가 살해되고 그 살인자가 아직 심판을 받지 않았다는 것 – 그것이 지금 우리가 위기에 처한 이유라고 했어.

조카스타 그게… 신탁의 말씀이었어?

오이디푸스 그래.

조카스타 그렇다면 간단하군. 하지만 왜 난데없이 지금? 20년 전 일을?

오이디푸스 이 기근이 시작된 것이 벌써 몇 년째야? 아마 이제는 더 기다릴 수 없다는 거겠지.

조카스타 왕이 행방불명되자 곧 스핑크스가 나타났어. 우리는 혼란과 공포에 빠졌고 정신이 없었지. 테베는 유사 이래 최악의 위기를 맞았던 것. 그래서 사실 왕의 장례식도 변변히 치르지 못했어. 우리의 결혼식이 곧 그 뒤를 이었으니까.

오이디푸스 이제 신탁이 이해가 가는군. 왕의 죽음에 대한 적절한 예우가 없었어. 그런데 그는 어떻게 죽었지? 정말 살해되었나?

조카스타 그렇게 보고받았어.

오이디푸스 좀 자세히 내게 말해줄 수 있겠소? 그날 무슨 일이 있었던 거요?

조카스타   생각하기도 싫은 그날이야. … 그날 아침 나하고 언쟁을 했어. 사소한 일이었어. 그런데 그는 평소와는 달리 불같이 화를 냈어. 너무 화를 내고 홧김에 그냥 마차를 타고 나가버리더군. 시종도 몇 명 거느리지 않고 말이야. (내키지 않지만 이야기를 이어간다) 아마 꽤 멀리 나갔는지 포키스(Phochis)의 세 갈래 갈라진 길까지 갔던 모양이지… 그 갈래 길에서 괴한들을 만났다고 해. 그 괴한들에게 모두 살해당했다고 알고 있어. 온 테베가 다 그렇게 알고 있지.

오이디푸스   그 사실은 어떻게 알았지?

조카스타   시종 중에 한 명이 가까스로 살아남아 돌아왔어.

오이디푸스   그를 불러 물어보면 잘 알 수도 있겠군. 어디에 살고 있지?

조카스타   몰라. 살아 있는지도 모르고.

침묵.

오이디푸스   당신 기분이 좋지 않은 것 같군. 라이우스 얘기를 입에 올려 미안해. 오늘이 처음이야.

조카스타   그를 사랑하지 않았어. 그는 폭군이었고 나를 무시했어. 그가 행방불명이 되자 난 문득 해방감을 느꼈어. 독수리 발톱에서 벗어난 새 – 그게 나였어. 그가 돌아오지 않길 기도했지. 그리고 난 부재한 왕 대신 왕이 되었어. 짧은 기간이지만. 네가 나타나기 전까지.

오이디푸스 조카스타, 당신은 멋진 왕이었어.

조카스타 넌 내게 축복이고 또 재앙이었어. 내 말 뜻을 알겠어? 스
핑크스 때문에 난 내 뜻을 굽힐 수밖에 없었지. 그 괴물이
아니었더라면 아마 지금도 왕이었을 거다. 하지만 아마도
신이 내가 왕으로 계속 남아 있는 걸 원치 않았던 걸까?
그렇게 생각했어. 신도 남자니까. 넌 테베를 구했고 거의
신으로 추앙받았고 나를 차지했지. 내가 실수했던 건…

오이디푸스 나에게 반해버린 거.

오이디푸스 조카스타를 포옹한다. 열정적으로 키스한다. 마치 처
음의 매혹이 되살아난 듯 조카스타도 뜨겁게 반응한다. 오이디푸
스 조카스타의 옷을 벗긴다. 하얀 두 유방이 드러난다. 오이디푸
스 양 손으로 덥석 두 유방을 움켜쥔다. 그리고 천천히 입에 머금
는다. 두 사람 사랑을 나눈다. 오이디푸스 왼발의 상처 자국이 크
게 보인다. 오이디푸스와 조카스타 절정을 느낀다. 두 사람의 거
친 숨소리가 가득 찬다.

긴 사이.

조카스타 (천천히 몸을 일으킨다. 옷을 여민다)
라이우스를 죽인 자? 그에게 오히려 감사하고 싶어…
그가 없었다면, 오이디푸스 너도 내게 오지 않았을 테고
지난 20년의 행복했던 세월도 없었을 테지. 모두 신의 섭리.
넌 내게 사랑스런 두 아들을 주었어.

큰 아들 폴리네이세스는 너의 뒤를 이어 테베의 왕이 되
리라.
요정처럼 예쁜 두 딸도 주었지.
더없이 행복한 어머니로 살아왔어.
여자로서도 더없이 행복했어.
그리고 너와 더불어 테베를 통치했지.
라이우스가 주지 못한 행복이야.
철모르던 열일곱. 라이우스는 나를 속여 결혼을 했어.
그는 남자를 더 사랑했거든,
그래서 날 멀리하고 내 몸에는 손도 한 번 대지 않았어.
신은 그를 벌하기 위해 우리 결혼을 저주했지.
우리 사이에서 태어나는 자식이 애비를 죽이고 에미를 범
할 거라고 했어.

하지만 난 그 신탁이 두렵지 않았어.
오직 복수할 생각 뿐.
나를 사랑하지 않았던
나를 버린 남자.
복수를 당해 마땅했어.
그에게 술을 먹였어. 그리고 그와 동침했어.
그를 죽이고 나를 해방시킬 아이를 가지려고 말야!
내 아들이 내 복수를 해주길 바라면서.

신이 도우셨는지 난 아이를 가졌어. 아이를 가졌을 때
난 복수를 잊었어! 신기하지!
모든 걸 잊고 아이에 대한 사랑으로 난 얼마나 행복했는지.
하지만 라이우스는 내가 아들을 낳자마자
불길해하며 그 애를 뺏어서 죽여 버렸어.
아아! 그래서도 난 더욱 그를 용서 못해!

내 복수는 물거품이 되고 말았지…
죽은 아들을 그리워하며
하루하루를 죽은 목숨으로 살았어.
네가 나타날 때까지 말야.
그리고 왕이 되는 새 야심을 품었었지.

(웃는다)

오이디푸스,
넌 내 기억에서
아예 라이우스라는 존재 자체를 지워주었어.

완전한 망각 – 완벽한 복수의 다른 이름.
네가 고마워.
난 너로 인해
여자로 그리고 인간으로

내 운명을 완숙시켜왔어

(웃는다)

그런데, 왜, 왜 다시 불쑥
내 삶에 끼어드는 거지?
라이우스
그냥 그대로 조용히 잊혀져 있어줘.

오이디푸스, 어느 새 이 독백 동안 자세를 가다듬고 일어나 앉아
서 귀 기울이고 있다. 긴장과 불안이 얼굴에 점점 짙어진다.

오이디푸스 그 남자를 불러와!

조카스타 안 돼, 과거를 파헤치는 건 쓸데없는 짓이야. 라이우스는
죽었어.

오이디푸스 하지만 그 망령이 우리를 옭아매고 있어. 우린 죽어가고
있어. 저 솟아오르고 있는 연기를 봐! 백성들이 죽어가고
있어!

조카스타 그래, 우린 모두 죽어가고 있어. 죽음이 새빨간 혓바닥을
길게 빼고 기다리고 있지. 하지만 오이디푸스, 신은 우릴
버리지 않을 거야, 마치 네가 나타나 우리를 구했듯이, 이
제 곧 비가 내릴 거야.

오이디푸스 (공포에 사로잡힌다) 무서워… 당신 얘기… 내가 왜 이렇게

떨리지? 빌어먹을 그 장님 예언자의 말도 무서워! 나를 살

인자라고 했어. 하지만 라이우스의 아들은 죽었다구!

조카스타 신탁은 빗나갔어.

오이디푸스 그런데 조카스타, 나도 말할 게 있어. 내 출신에 대해서

말야.

조카스타 코린도의 왕자란 건 나도 알고 있어.

오이디푸스 그래, 하지만 내가 왜 코린도를 떠났는지는 말하지 않았어.

조카스타 나도 묻진 않았지.

오이디푸스 이상하지? 나도 아비를 죽이고 어미와 동침할 운명으로

태어났다고 했어.

조카스타 (크게 놀란다) 뭐라고?

오이디푸스 그래서 난 태어난 땅을 버리고 멀리 떠나야했어. 그리

고… 이곳에 도착하기 전, 사건이 있었어… 어떤 노인을

죽였어… 갈림길에서 길을 비키라고 사소한 다툼을 했는

데… 고집스레 길을 비키지 않더군. 웬일인지 나도 화가

폭발했어. 그 노인과 일행 몇을 죽여 버렸어.

조카스타 하지만 그는 네 아비가 아니야. 네 부모는 코린도의 왕이

잖아. 그리고 라이우스의 아들은 죽었어.

오이디푸스 아까 괴한들이라고 했지? 살아남은 그 시종은 어덨어? 그

를 불러들여! 만일 여러 명의 강도가 아니고 한 사람이라

면… 필시 그는 나일지 몰라! (흥분하고 공포에 질려있다)

시종 들어온다.

시종　코린도에서 왕의 사자가 와서 기다리고 있습니다. 왕을 뵙기를 원합니다.

오이디푸스　코린도에서? (조카스타에게) 왕비, 그 시종을 찾아 주시오!

조카스타도 불안에 휩싸인다. 오이디푸스는 조카스타에게서 눈을 떼지 않은 채 살피면서 퇴장.
조카스타는 움직이지 않고 우두커니 서 있다.
암전.

제6장 "빗나간 신탁"

빛이 들어오면 조카스타 혼자 아까 그대로 꼼짝도 않고 서 있다. 늙은 유모, 지팡이에 의지해 느릿느릿 들어온다. 걸음이 어두운 그림자를 몰아오는 듯 무겁다.

늙은 유모 속절없이 또 하루 해가 진다.
구름 한 점
바람 한 점 없구나.
…
하늘이여
우리 인간을 불쌍히 여기소서.

조카스타를 본다. 말없이 서 있다. 두 사람 사이에 침묵이 흐른다. 멀리 하늘에는 검은 연기가 가늘게 피어 올라가고 있다. 하늘은 처음에 분홍색이다가 점점 붉게 물들어 간다.

조카스타 유모…
늙은 유모 물이라도 좀 마셨어요?
조카스타 유모는?
늙은 유모 나야 이제 곧 저승에 갈 몸인데… 너무 오래 살았지요.

조카스타 유모… 신탁도 틀릴 수 있을까? 그래서 난 깜빡 그 불길한 신탁을 잊어 버렸었지.

늙은 유모 새 왕과 결혼할 때 그랬지요. (앉는다)

조카스타 그래, 그때 난 새 생명으로 다시 태어났거든. 그 자유와 사랑에 깜빡 모든 걸 잊고 말았어! 그런데… 그런데 말야, 그 아기, 생각나?

늙은 유모 … 제가 받았지요. 정말 잘 생긴 아들이었죠.

조카스타 라이우스는 너무 잔인했어. 사흘도 되지 않아 그 애를 내 품에서 빼앗아갔지. 난 미친 듯이 울부짖고. 그 애에게 내 젖을 한 방울이라도 더 빨리려고 했어. 하지만 그 나쁜 놈은 그 핏덩이를 뺏어가고 말았어. 남편은 미웠지만 그 앤 내 살과 피로 만든 내 첫사랑이었어.

늙은 유모 왕비님은 그 때 정말 비통하게 울었지요…

조카스타 그런데, 유모, 오늘따라 왜 그 애 생각이 나지?

늙은 유모는 조용히 듣고만 있다. 뭐라고 혼자 말을 중얼중얼 거리는 듯도 하다.

조카스타 유모, 그때 그 아긴… 죽었겠지?

늙은 유모 이 말에 깜짝 놀란다.

늙은 유모 그, 그럼요. 왕이 어떤 목동에게 아기를 주는 것을 내가 봤

는걸요. 어제 일처럼 생생하게 기억하고 있지요. 이제 죽을 때가 되긴 했지만요.

조카스타 그래, 그랬겠지. 하지만 그 애는 죽지 않았어.

늙은 유모 (이 말에 깜짝 놀라) 네?

조카스타 내 가슴, 저 깊은 곳에 살아 있다는 말이야.

늙은 유모 (가슴을 쓸어내린다)

침묵이 흐른다.

조카스타 이상도 하지. 오이디푸스도 어쩜 그렇게 똑같은 신탁을 받고 태어났을까?

늙은 유모 (못들은 척한다)

조카스타 유모, 내가 왜 이렇게 불안하지?

늙은 유모 참, 왕비님, 코린도에서 온 소식, 들었어요?

조카스타 아니. 아직.

늙은 유모 왕이 죽었답니다.

조카스타 그게 정말이야?

늙은 유모 네, 병들고 늙어서 죽었대요.

조카스타 (기뻐하며) 그럼 이번에도 신탁이 빗나간 게야!

안도하며 기뻐서 어쩔 줄 모른다. 방 안을 왔다 갔다 한다.

조카스타 감사 제주(祭酒)를 바쳐야겠어!!

조카스타, 향과 작은 포도주 항아리를 찾아 들고 밖으로 나간다.
유모 가만히 앉아 조카스타의 행동을 눈으로 쫓는다.

늙은 유모 (떨리는 목소리로) 그 목동이 차마 제 손으로 아기를 죽일 수
가 없었답니다. 그냥 늑대 밥이 되거나 다른 목동의 눈에
띄어 키워지라고 아기 발을 꿰어서 나무에다 묶었대요. (사
이) 신의 말씀을 섣불리 들었던 인간들의 교만이지요. 그
런 행동을 한 건. 왕도, 그 목동도요. 하지만 저라도 그럴
수밖에 없었을 거예요. 고 조막만한 핏덩이에게 어떻게
그런 몹쓸 짓을 하겠어요? 그런데 그 아이가 죽지 않았나
봐요. 신의 뜻이겠죠. 그 이름을 듣자… 알았죠.

제7장 "숨은 그림 드러나다"

왕의 접견실.
오이디푸스, 코린도에서 온 사자와 이야기하고 있다.
조카스타 들어온다. 두 사람의 말을 듣는다.

사자   그 두려움 때문에 태어난 곳을 피했던가요?

오이디푸스   노인이여, 그렇소, 누군들 제 아비를 죽이고 싶겠소?

사자   더 이상 두려워하지 않아도 좋습니다. 이제 왕은 저와 함께 고향으로 가시지요. 백성들이 왕을 코린도의 왕으로 추대하고 있다오.

오이디푸스   아니, 살아있는 한 절대 그곳에는 발을 들여 놓지 않을 거요. 어머니가 아직 살아계시잖소.

사자   하하하, 아직도 모르고 계시는구려.

오이디푸스   모르다니? 무슨 말이오? 말하시오.

조카스타 옆에서 듣고만 있다가 오이디푸스 곁으로 다가간다.

사자   그렇게 두려워 떨 이유가 없다는 말이오.

오이디푸스   신탁이 맞아 떨어질까 봐 난 평생 두려워해왔어.

사자   아버지 살해와 근친상간? 이제 안심하시오.

오이디푸스 하나는 빗나갔지만 아직 한 가지는 남아 있소.

사자 그렇게 두려워하시니, 내 말하지 않을 수가 없소이다, 그려.

오이디푸스 (불안해진다)

사자 말해주리다. 돌아가신 폴리부스(Polybus) 왕은 왕의 친부가 아니오.

오이디푸스 뭐라고? 내 친부가 아니라니?

조카스타 (듣고 있다가 끼어든다) 아니, 거짓말이야.

사자 두 분 진정하십시오. 제 말은 진실입니다. 추호의 거짓이 없소이다. 왕은 친아들이 아닙니다.

오이디푸스 (혼란스럽다) 당신은 누구요?

사자 사실은 왕이 어렸을 때 폴리부스 왕에게로 데리고 간 사람이 바로 저올습니다. 그 부부에겐 자식이 없었거든요. 왕을 친자식처럼 길렀지요.

오이디푸스 그, 그럼 당신이 내 아비란 말이요?

사자 아, 그렇지는 않소이다.

오이디푸스 그럼? 나를 어떻게?

사자 왕의 얼굴을 못 알아 볼 리가 있겠습니까? 궁에서 종종 봤지요. 발에 난 상처도 알고 있어요. 그건 누가 그랬는지 모르겠지만 아이를 버리면서 나무 덤불에다 붙들어 매어 놓으려고 꿰뚫은 상처 같더군요. 왕의 이름은 그 때문에 붙여진 것일 테고요.

오이디푸스 그 상처를 아는 걸 보니 거짓은 아니군. 나를 발견한 사람이 노인이오? 아니면…?

사자   다른 목동이 있었습니다. 라이우스 왕의 목동이었는데…
그 친구가 덤불숲에 발이 묶여 있는 아기를 발견했다면서
나를 불러서 보여줬다오.

조카스타 오이디푸스, 이제 그만해! 이 노인을 돌려보내요. 제발.

오이디푸스 왕비, 괜찮아요. 내 출신이 비천한 노예로 밝혀진다 하더
라도 난 상관없소. 내 운명을 끝까지 따라가 볼 테요. 말리
지 마시오.

조카스타 제발 그만, 오이디푸스.

오이디푸스 왕비! 왜 이러시오?

조카스타 날 다시 보고 싶다면 제발 여기서 끝내요.

조카스타, 슬픈 눈으로 오이디푸스를 바라보며 뒷걸음질로 비틀
거리며 나간다. 거의 기절할 지경이다. 오이디푸스와 사자는 놀라
며 그런 조카스타를 눈으로 따라간다. 두 사람 그 동작이 동결된
다. 조명 두 사람에게 고정되다가 암전.

제8장 "사자의 변명"

사자   나이를 헛먹었도다!
오이디푸스 왕에게 내려진 그 무서운 신탁을 듣자
그의 공포를 덜어 줄 요량으로
코린도의 폴리부스 왕이 친부가 아니고
메로페(Merope) 왕비가 친모가 아니라는 걸
말해줬어.
하지만 깜빡했어요.
이 늙은 것이 신의 존재를 깜빡 잊었던 거죠.
신의 말씀은 항상 옳고
신은 정의를 바로 세운다는 것을요.
그렇지요.
오이디푸스가 친부모가 있는 존재라는 것도 깜빡
잊어 버렸죠.
신탁이 이미 이루어졌다는 것
출생의 비밀이
그의 현재를 송두리째 뒤집어 버린다는 것을
미처 몰랐습니다.
신이시여,
이 미련한 인간

한 치 앞을 모르는
이 늙은이를 불쌍히 여기소서!
용서하소서!

엎드려 절하며 괴로워한다.

제9장 "어머니와 아들"

조카스타의 내실.
하염없이 눈물을 흘리고 있는 조카스타.

조카스타   오 오, 오이디푸스!
오 오, 신이시여!
어리석은 이 여인을 불쌍히 여기소서.
이 교만을 용서하시옵소서.
감히 당신의 말씀이 빗나갔다고 생각하다니
당신을 비웃었던 이 인간의 오만과 무례를 용서하시옵소서!

새 남편을 맞을 때
사랑에 몸이 달떠 그만
당신의 신탁을 잊어버리고 말았습니다.
내 태로 낳은 아들과 동침하리라는
그 무서운 저주를 잊었습니다.
사랑은 그렇게도 힘이 세었나요?
아니, 운명이라고 해야겠지요.
어리석게도 그것이 제 인간적 선택이라고 믿었지만
신이여 당신은 제 운명을 손에 움켜쥐고 있었습니다.

미련한 인간들은 잊고 있었지만
당신은 기억하고 있었습니다.
라이우스에게 내려진 형벌이 끝내 우리를
찾아오고야 말았습니다.
조카스타,
슬픈 이름…
오이디푸스,
저주받은 이름…
라이우스,
그대는 아무 것도 모르고 죽었으니
오히려 괜찮았구려.
세 갈래 길에서 그대를 찌른 그 젊은이가
아들인 것을 그대가 어찌 알았으리요?
당신이 목동에게 죽이라고 맡긴 그 아이
신이 살리신 게지…
오, 내 젖을 빨던 그 핏덩이가 (옷을 찢어 두 유방을 드러낸다)
오이디푸스… 너… 너였단 말인가! (가슴을 치며 오열한다)
조카스타! (머리를 풀어헤치고 산발한다)
길이 길이 저주받을 이름

에미이면서
아들과
조카스타

불쌍히 여기소서!

악몽… 악몽이야
꿈이라면 빨리 깨라
오이디푸스
아비를 죽이고 왕이 되었고
에미를 취하여 자식을 낳다니
신이여,
어찌 이 일이 일어나도록 내버려 두셨나이까?

광기에 휩싸여 울부짖는다. 한참을 그렇게 울다가 옷깃을 다시
여미고 거울 앞에 앉아 머리를 정돈한다. 넋이 나갔다.

조카스타   유모!

유모 들어온다. 조카스타의 태도. 옷매무새나 머리가 이상한 것을
보고 놀라지만 곧 눈치 챈다.

조카스타   유모. 다 알고 있었지?
유모   … 조카스타… 고정하세요. 신의 말씀은 어길 수 없답니
다. 이대로 받아들이세요. 오늘이 바로 그 날이 되었군요.
조카스타,
그동안의 행복했던 날들을 기억하세요.

왕이 아니었던들

이런 행복을 누가 주었을까요?

오히려 신에게 감사하세요.

20년이 짧다고 생각지 마세요.

여자로

어머니로

왕비로

누릴 것은 다 누렸지요.

결코 바꿀 수 없는 행복이지요.

조카스타 짧지 않은 세월이었다구?

눈 깜빡할 사이 지나가 버렸어.

그래, 유모,

그동안 유모는 마음 졸이고 살았겠구나?

유모 아침에 눈을 뜨면 그날도 무사히 지나가게 해 달라고

빌었지요. 지난 20년 동안.

조카스타. 이제 더 이상 세상도 자신도 속일 수 없고

더 이상 진실을 회피할 수 없어요.

오늘이 그날입니다.

피하고 싶었던 그날.

받아들이세요.

신은 잊지 않는답니다.

조카스타 유모 말이 맞아.

여인 중에 가장 저주받은 이름

세세토록 내 이름은 그렇게 기억되리라.

하지만 내가 진실하게 살았던 건

아무도 부인 못해!

(…)

유모, 가서 애들을 불러와요.

유모　왕비, 몸 보전하세요.

유모가 나가자 조카스타는 조용히 일어선다. 방의 한쪽에 서 있는 장식장을 열고 깊숙이 누워 있던 긴 칼을 찾아낸다. 칼을 들고 한참 응시한다. 왕이 지님직한 보석이 박히고 세공이 아름다운 정교한 보검이다. 어루만진다. 공주들 들어오는 소리에 칼을 제자리에 두고 돌아선다.

안티고네　어머니!

이스메네　어머니!

딸들이 조카스타의 양 옆에 가까이 가서 포옹한다.

조카스타는 딸들의 머리와 뺨을 어루만진다.

조카스타　오빠들은?

안티고네　오빠들은 제사가 끝나고 말을 타고 바닷가로 갔어요.

이스메네　어제도, 오늘도, 내일도.

조카스타　그래, 아버지처럼 훌륭한 왕이 되려면 부지런히 무예를

익혀야지.

이스메네　어머니, 얼굴이 수척해 보여요. 머리도 헝클어지고 … 웬 일이세요? (조카스타의 얼굴을 쓸어본다)

안테고네　어머니, 너무 걱정 마세요. 이제 곧 비가 올 거예요. 온 백성이 이렇게 지성으로 기도를 드리고 있으니 하늘도 곧 응답하시겠죠?

조카스타　그래, 이제 곧 비가 내릴 거다. 그렇고말고. 너희들도 이 어려운 시기를 잘 넘겨야 한다. 테베는 강한 나라다. 어떤 어려운 일이 있어도 잘 헤쳐 나갈 거야. 안티고네, 이스메네, 너희들도 이제 다 컸다. 부모에게 어떤 일이 생기더라도 너희들은 잘 받아 들여야 한다. 알았지?

안티고네　어머니, 어떤 일이라뇨?

조카스타　응, 이를테면 온 세상이 우리를 미워하는 일이 생기더라도 말이다. 너희들은 부모를 원망하거나 미워해서는 안 돼.

안티고네　네. 어머니. 사랑해요.

이스메네　(눈물을 글썽이며) 어머니, 사랑해요. 비가 안 오는 것이 어머니 잘못이 아닌 걸요.

조카스타　그래, 사랑한다. 딸들아. (한 사람씩 꼭 끌어안는다)

조카스타　이제 가거라.

딸들 뭔가 석연찮은 기분으로 인사하고 물러나간다.

제10장 "죽음"

이어지는 장면.

무대 위에는 조카스타 혼자 남았다. 조카스타 한참 소리 없이 운다. 처연히 흐르는 눈물을 닦고 천천히 칼을 다시 끄집어낸다.

정면을 향하고 칼을 뽑는다. 예리한 날이 빛에 반사된다. 칼끝을 위로 향하게 세워서 오이디푸스와 함께 사랑을 나눴던 그 침대 위에 고정시킨다.

조카스타 침대 위에 올라서서 치마를 조금 걷어 올린다. 날카로운 칼끝이 자신의 자궁을 겨냥하게 조정을 한 후 천천히 칼 위에 앉는다. 조카스타는 칼에 꽂힌다. 침대의 하얀 시트에 붉은 선혈이 뚝뚝 떨어진다. 쓰러진다.

흰 천이 위로부터 내려와 침대를 커튼처럼 가린다. 순간 그 위에 뜨겁고 붉은 선혈이 확 뿌려진다.

오이디푸스 뛰어 들어온다.

오이디푸스 조카스타! 조카스타!

피가 뿌려진 천 앞에 멈춘다. 천천히 그 천을 옆으로 걷는다.
속에 쓰러져 있는 조카스타를 발견한다.

오이디푸스 오오오!

가혹한 운명!

진정

내 어머니였단 말이오?

오이디푸스 끔찍한 광경에 말을 잃는다. 다가가 조카스타를 안는다.
그 얼굴을 바라보며 오열을 터트린다.

오이디푸스 조카스타, 안 돼. 안 돼… 그토록 그리워했던 어, 어 어머
니., ,

조카스타 잃었던… 내… 아들. 내… 사랑 …

조카스타 숨진다. 오이디푸스 오열하며 한참 시신을 안고 있다.
가슴에 얼굴을 묻고. 그리고 시신을 침대 위에 눕힌다. 조카스타
의 다리 사이에서 칼을 뽑아내고 시신을 정돈해 준다.
그 칼을 두 손으로 잡고 자신의 머리 위로 쳐든다.

오이디푸스 어머니를 보고도 알아보지 못한 자
아비를 보고도 알아보지 못한 자
자신이 누구인줄 몰랐던 자
오이디푸스!
(칼로 눈을 차례차례 찌른다)
아 악!

비명을 지른다. 앞으로 푹 고꾸라진다. 뒤 침대에는 조카스타의 시신이 있고 침대 앞바닥에는 오이디푸스가 꿇어앉은 상태로 얼굴을 숙이고 있다. 피가 튀어 흐른다. 비명 소리에 사람들 들어온다.

크레온　　오이디푸스!
안티고네　아버지!
이스메네　어머니!

모두 참담한 광경에 놀라 어쩔 줄 모른다. 이스메네는 어머니에게 달려가고 안티고네는 오이디푸스에게 달려가 팔을 붙든다. 크레온은 어찌할 바를 모르고 떨고 서 있을 뿐이다.

이스메네　어머니! 안 돼요!
안티고네　(오이디푸스의 눈을 어루만진다) 아버지! 눈, 눈이… 저예요, 안티고네에요.
오이디푸스　(얼굴을 든다) 안티고네, 내 딸, 그리고… 내 동생…
안티고네　네, 아버지. 할미에게 들었어요. (운다)
오이디푸스　아비를 용서해라.

늙은 유모 들어온다. 사태를 알아차린다. 오이디푸스에게 다가간다.

늙은 유모　내 이 두 손으로 왕을 받았지요. (조카스타를 보며) 그때 조카스타가 얼마나 기뻐했다구요.

유모 떨며 조카스타에게 가까이 다가간다. 조카스타의 손을 잡으려고 팔을 뻗는다. 슬픔을 이기지 못한다. 털썩 주저앉는다. 숨죽인 통곡. 조카스타의 손을 잡은 채 유모도 조용히 숨을 거둔다.

이스메네   할미!

크레온이 유모를 쳐다본다. 하지만 움직이지 않는다.

이스메네 울며 오이디푸스 옆으로 간다. 오이디푸스를 두고 양 쪽에 두 딸이 앉았다. 두 딸은 오이디푸스의 어깨에 기대어 슬퍼하고 괴로워한다. 오이디푸스의 얼굴은 눈물과 피로 얼룩져 있다.

오이디푸스   어… 머… 니…

먼 데서 천둥이 운다. 마른하늘이 어두워지기 시작한다. 천둥소리 잦아지며 가까이 온다. 빗방울이 듣기 시작한다. 시원한 비가 쏟아진다.

크레온   비! 비다! (기뻐 소리 지르며 뛰어 나간다)

안티고네와 이스메네의 얼굴도 순간 환희에 어린다.
그러나 곧 슬픔이 교차된다.
궁 밖에서 "비다!" "비!" "비가 온다!!" 하는 외치는 소리가 들려온

다. 기쁨의 함성도 점점 거세어진다. 기쁨의 북소리와 나팔 소리
도 함께 들린다. 천둥소리 섞인다.

빗줄기 점점 거세어진다.

오이디푸스 비… 비… 비…

천천히 무대 어두워지고 함성소리 천둥 비 소리 높아진다.
연극이 끝난다.

한국 희곡 명작선 113

조카스타 (Jocasta)

초판 1쇄 인쇄일   2022년 11월 1일
초판 1쇄 발행일   2022년 11월 7일

지 은 이   이지훈
만 든 이   이정옥
만 든 곳   평민사
            서울시 은평구 수색로 340 〈202호〉
            전화 : 02) 375-8571 / 팩스 : 02) 375-8573
            http://blog.naver.com/pyung1976
            이메일   pyung1976@naver.com
등록번호   25100-2015-000102호
ISBN   978-89-7115-054-2   04800
            978-89-7115-663-6 (set)
정   가   7,000원

이 책은 사단법인 한국극작가협회가 한국문화예술위원회의 2022년 제5회 극작엑스포
지원금을 받아 출간하였습니다.